시위를 당기다

시위를 당기다

조문환 시집

學而思 | 학이사

망했다 폭삭 망했다
이참에 창고 대방출한다
개업 후 5년
재고떨이다

본전은 생각하지 않는다
밑져야 본전이다

창고 정리하고 훌훌 털어버리면
속이라도 시원할 것 같다
잡동사니는 발도 못 붙이게 할 태다

2022년 10월
조문환

차례

시인의 말 / 5

해설 _살아있다는 건, 속에 아직 꽃이 있다는 것 ⋯ 이빈섬 / 97

1부. 텅 빈 한가운데

가슴이 오네 ⋯ 12

모른다 ⋯ 13

저편의 강이 내 강이듯 ⋯ 14

방방사진관 ⋯ 16

이월 ⋯ 17

텅 빈 한가운데 ⋯ 18

아이 엠 서울 ⋯ 19

시위를 당기다 ⋯ 20

너로 보였다 ⋯ 22

유월 같은 비린내 ⋯ 23

후회하지 않기 ⋯ 24

그득하다 ⋯ 25

시선 ⋯ 26

저 너머엔 붉은 소년이 있다 ⋯ 27

가을 묘사 ⋯ 28

돌부처 ⋯ 29

광개토대왕 ⋯ 30

나풀거리는 ⋯ 32

2부. 켜켜이 쌓이다

불필요한 공감 … 34

켜켜이 쌓이다 … 35

금광 … 36

내 이름에는 … 37

꼬리를 친다는 것 … 38

과거 진행형 … 39

한 사내 … 40

선행자 … 41

천국 가는 길 … 42

파도 … 43

감 따는 일 … 44

흔적 … 45

누군가 … 46

긴 이월 … 47

사자춤 … 48

이름 내놓은 역 … 50

너머 … 52

3부. 먼저 온 기별

같이 혼자 … 54

별이 떨어지다 … 55

먼저 온 기별 … 56

팽팽하다 … 57

먼 울음 … 58

도시고양이 생존연구소 … 60

창자 쏟아진 아침 … 62

외박 … 63

시 두 편 반 … 64

시리다 … 65

두고 온 것 … 66

비님 … 67

좋은 일 예상되는 날 … 68

둥지 … 69

말 한마디에 … 70

장마 … 71

타작마당 일기 … 72

4부. 곱하기 제로

사랑 총량의 법칙 ⋯ 76

강심장 ⋯ 77

이별연습 ⋯ 78

빈 다리 ⋯ 80

자연선택 ⋯ 81

박 영감 ⋯ 82

곱하기 제로 ⋯ 83

서울과 안〔不〕서울 ⋯ 84

노을에 동백꽃 ⋯ 86

죽음에 대하여 ⋯ 87

이중인격자 ⋯ 88

정전 ⋯ 89

눈 맞춤 ⋯ 90

높이 나는 이유 ⋯ 91

개 ⋯ 92

끌려 나오다 ⋯ 93

마중 ⋯ 94

산을 데리고 집으로 왔다 ⋯ 95

정차 중 ⋯ 96

1부

텅 빈 한가운데

가슴이 오네

가슴이 오네
너를 부르면
가슴이 달려오네
투명한 가슴 안고
부름에 달려오네

그 가슴 보자기에 싸
내게 건네주네
이것밖에 없다고
이것이 나라고 하네

그 가슴 열어보네
벌떡이는 붉은 핏줄들
꿈틀거리네
그 심장
내 속으로 들어오네

이제 네 가슴으로 살려 하네
하나의 가슴으로 살려 하네
너를 생각하면
가슴뿐이네

모른다

모른다 나는
갈망의 이유이기도 하다
안다면
이처럼 갈망하지 않았을 것이지

모르기 때문에 갈망하고
영원히 모르기를 바라는 것은
널 찾아 떠나기 위해서지

안다는 것은 모른다는 것이지
차라리 모른다고 말하면
안다는 것보다 더 아는 것이지

너를 모른다
그래서 나는 갈망이며
널 탐한다

나는 너를 모른다

저편의 강이 내 강이듯

내 얼굴을 내가 바로 볼 수 없음은
온전히 내 것이 아니기 때문이라오

강 이편에서는 이편의 모습 볼 수 없고
저편으로 건너야 이편의 모습 볼 수 있듯이
정작 타인이 보는 얼굴이 진정한 내 얼굴이라오
그러니 타인의 얼굴은 내가 보는 얼굴이요
내 얼굴은 타인이 보는 얼굴이라오

양심은 두 가지 마음이라는 뜻이라오
하나는 내가 보는 마음이요
하나는 타인이 보는 마음이라오

이 두 마음 화목하면 좋지만
다툼이 생기면 내가 불안하고
내가 보는 내 마음은 부끄러울 것이라오

그러니 내 얼굴과 양심은 내 것이 아니요
내가 서 있는 이쪽의 강도 건너편의 것이라오

나의 반도 타인의 것이듯
양심도 나의 것이 아니라오

방방사진관

하얀 입김을 내뿜으며 아침 일찍 읍내 방방사진관 사장이 우리 집을 찾아왔다 사장은 호감 어린 말로 아버지의 승낙을 얻어냈고 다음 장날 아버지와 어머니와 나는 사진관으로 들어섰다 하얀 두루마기를 입으신 아버지는 머리도 단정하게 자르셨다 플래시가 터지자 눈이 캄캄해져 한동안 앞이 보이지 않았다 아버지의 영정사진은 그 후 십수 년 이상 우리 집 안방 벽에 걸려있었지만 세월이 많이 흐른 후 컬러사진으로 교체됐다 어머니의 영정사진도 아버지의 영정사진과 같이 안방에 걸려 있었지만 이유를 모르게 떼어졌는데 정작 어머니의 장례식 때 쓴 영정사진은 내가 교회 마당에서 찍은 사진이었다 올해 내 나이는 아버지가 첫 영정사진을 찍으셨을 즈음

방방사진관은 얼마 지나지 않아 없어졌다

이월

내 이월은
7인치 홑 벽돌 틈 사이로 뿜어져 나온 냉기 속에
밤새 앓던 이 부둥켜안고
방을 뒹굴다 날이 샜다

울부짖다 날 밝아진 아침
찬 바람에 서성이던 죄 없는 마당 차 버리고
읍내 파출소 뒤 사사 치과에서 뽑혀 나온 시퍼런 내 이빨

목이 뽑히더니 따라 몸뚱어리가 천장으로 치솟고
마취를 하지 않아 시퍼런 생니
"땡그랑"

사사 영감과 내 이빨은 서로 노려보았으나
차마 나는 눈을 뜰 수 없었다

양은 냄비 같은 곳에 나자빠지는 나의 이월

텅 빈 한가운데

꽃을 심었다
팬지, 데이지, 목단

나무를 심었다
치자나무, 가죽나무, 노각나무
담벼락 밑 울타리 쳐진 음지에

한가운데로는 들어오지 못하고 모두 가에만 서 있다

작년에도 그랬다
지금까지 모두 그랬다

가운데는 텅 비어 있다

아이 엠 서울

모든 해고자가 직장으로 돌아가야 봄이다
아이들의 팽팽한 마음
튀어 오르는 몸
그 샘솟는 힘은 어디서 오는 것이냐?
2014년 4월 16일, 왜 안 구했나?
탈원전은 국가 파괴 태양광은 국토 파괴
남북 노동자대표자회의로 불어라 평화의 봄바람
전국 흐리고 가끔 비 서울 낮 최고 기온은 21도
진정한 시민주권의 시작 지방분권 대한민국이 강해집니다
잘 생겼다 서울
시민들을 위해 화장실을 개방해 주서서 감사합니다
버들강아지 반가워 꼬리 흔든다
봄이 왔나 보다

시위를 당기다

오동나무 시위를 당기자
수백 마리의 참새 떼가
일제히 하늘로 튀어 올랐다

시위는 한동안 진동이 계속됐다
여운이 끝날 때까지 숨죽여 보았다
성년의 오동나무는
"웅" 소리를 내면서 시위 떠난 새들을 바라보고 있었다

참새들은 떼 지어 비행 중이다
출렁이는 바다가 되기도 하고
높은음자리표에 그려진 무수한 음표가 되기도 하고
또 다른 나무의 시위를 당겨 놓기도 하고
작은 산 하나를 다른 쪽으로 옮겨 놓기도 하고
한 무리의 먹구름 되어 소나기를 쏟아 놓기도 하고
참새 혀 같은 감나무 이파리들에게 강력한 지진파를 보내
기도 하고
백사장에 흩뿌려지는 한 줌의 모래처럼
산산이 부서지기도 하고

시위를 떠난 새들은 저렇다
다시 오동나무를 바라본다

저 위대한 진원지

너로 보였다

모퉁이 돌아간 후
여운이 가셔질 때까지
지켜보았다

난생처음으로
사람이 떠난 자리를
그렇게 오랫동안
응시해 보았다

너로 보였다

유월 같은 비린내

젖비린내 나는 유월이여
빨던 젖 내던져 버리고
옹알이 하던 입에서 터져 나온 유월이여

밤꽃마저도
논일에 돌아오신 아버지에게서도
비린내 흥건했던 유월이여

보리피리 불던 언덕
그 아래 강물
물비린내 가득한 바닥을 차고 나갔던 은어

비린내 나던 때가 있었느냐고
내게 마주쳐 온 유월이여

후회하지 않기

개미가 줄 지어 가네
꼬리에 꼬리를 물고 가네
꽁무니에 달고 가네
기차처럼 칙칙폭폭 가네
어디 가는지 물어보지 않고 가네
앞 개미만 보고 가네

줄 지어 되돌아오네
가는 줄 오는 줄 두 줄이 되었네
중간에 돌아오지 않네
뒤돌아보지 않네
끝까지 갔다 오네

그득하다

하늘에서 창살이 내려쳐졌다
일순간 창살 안은 그득하다
두터운 창살 안은 더 충만하다

끝이 안 보이는 창살 안의 나는 하나의 섬이다
가끔씩 밖을 훤히 내다볼 수 있는 창도 좋다
지척도 없어 보이는 창살도 좋다

결국은 창살이 걷히고 자유로운 시선
그래도 더 좋은 곳은
창살 드리워져 그 너머가 그리운
빼곡히 꽂힌 창살 달린 집이 좋다

시선

두꺼비 새끼가 얼마나 컸는지 보러 간다며
태령 씨가 팔짝팔짝 뛰어 내려간다

저 너머엔 붉은 소년이 있다

저
점입가경
점령군
불가항력
넘치는 수위
검어져 가는 저수조
차고 넘쳐흐르는 검은 물줄기
쏟아져 내리는 뜨겁고 차가운 기운

산 너머엔
검은 그림자를 끌어당기는
붉은 소년이 있다
절대 절명의 사명을 띤
거역할 수 없는 청춘이 있다

가을 묘사

가을은 하늘을 머리에 이고 오더이다
뒤춤에 손 없고
삐쭉 빼쭉 걷더이다

어제도 없고 내일도 없는 사람처럼 오더이다
탈선한 기차가 내리막길 내닫듯이 오더이다
오늘이 마지막 날이듯 오더이다
깊이를 모르고 물로 뛰어드는 아이로 오더이다

그곳으로 모두 잡아끌더이다
죽어도 같이 죽자 하더이다
제 혼자 죽기는 아깝다 하더이다

결국 바람에 구멍 난 가슴처럼 뚫린
오동나무 이파리 사이로 흐르더이다
언젠가 꿈에 보았던 유에프오 비행접시처럼
순간이동 하더이다

돌부처

봉대 길에
실핏줄같이 가는 길에
태어난 지 채 나흘도 안 되는 고양이 새끼 한 마리

도토리만 한 것이
저보다 백 배는 더 큰 내 애마 앞에
단 한 발도 움직이지 않는다
눈을 부릅뜨지도 노려보지도 않는다

한가운데서

콩만 한 것이
태어나면서부터 저리 간 큰
돌부처

광개토대왕

보라
저 푸른 광개토대왕을
지상 최대의 점령군을
광야도
바위산도
검은 계곡도
저 점령군 앞에는 아무런 저지도 될 수 없으니
결국은 노란 꽃으로 점령지 수놓고
노획물 풀어 놓았다

너는 밤에만 진군하는구나
새벽까지 그 진군 멈추지 않는구나
불기둥이라도 있었느냐
구름기둥이라도 있었느냐
누가 너를 호령이라도 하였느냐
지략이라도 가르쳐 주었느냐
너의 그 점령 본능은 누가 불어넣어 주었느냐

내가 가진 영토라고는 글 몇 줄 써 놓은 허공
언어의 영토는 바람처럼 얇다

그것마저 빼앗겼다 되찾았다가 또 허물어져 버리는 미완의
동토

노랑 깃발 나부끼며 돌진해 가는
견고한 넝쿨의 진격
한여름의 광개토대왕을 영접하노니

나풀거리는

횡천강과 섬진강이 만나는 목도리 삼각주 다리 난간에
나풀거리는 것 좀 보소

잘 차려입고 바람에
나풀거리는 것 좀 보소

붉은색 저고리 노란색 옷고름
나풀거리는 것 좀 보소

손 까딱만 해도 떨어져 버릴 곳에 매달려
나풀거리는 것 좀 보소

남 보여주기 위해
나풀거리는 것 좀 보소

죽자 살자 춤추는 것 좀 보소
위험하게 안전한 저 춤사위 좀 보소

2부

켜켜이 쌓이다

불필요한 공감

내 하나님이기도 하지만 네 하나님이기도 하다는 것을 안
다면
　덜 떼쓸 것이다
　내 땅이기도 하지만 네 땅이기도 하다는 것을 안다면
　더 평화로울 것이다
　내 일이기도 하지만 네 일도 된다는 것을 안다면
　마음 한구석 수월할 것이다
　내가 겪고 있지만 그도 겪고 있다는 것을 안다면
　덜 아플 것이다

　내 나라이기도 하지만 네 나라도 된다는 것을 안다면
　작은 목소리로도 대화할 수 있을 것이다
　내 아들이지만 당신의 아들이기도 하다는 것을 깨달으면
　더 관대해질 것이다
　내 부모님이기도 하지만 네 부모님이라는 것을 인정한다면
　더 공경하게 될 것이다

　나도 그렇지만 너도 이 땅의 주인이라는 것을 안다면
　한 걸음 더 물러날 것이다

켜켜이 쌓이다

실미도 백사장에는 조개껍질로 그어 놓은 다섯 줄의 트랙이 있다 날마다 달마다 먼 바다에서 달려와 멀리뛰기 하여 다음 줄을 넘어서는데 어느 해 달이 찰 무렵에는 백사장 꼭대기까지 뛰어넘었다

노둣길처럼 길이 됐다가 바다가 되고 바다였다가 길이 되는 조갯길 너머 새우처럼 등이 굽은 실미도에는 하얀 조개무덤이 있다 이 무덤은 만조와 간조에 따라 한둘씩 실려 바닷가로 나가는데 켜켜이 쌓인 무덤이 천 년은 넘었는지 해안가 바닷물이 백골처럼 푸르다

조개무덤 발아래에는 네모난 수만 개 돌무덤 있다 소금기먹어 육각형으로 잘 다듬어져 피라미드보다 더 정교하게 쌓였는데 하얀 조개무덤과 대조를 이룬 검은 돌무덤 하나 가져와 책장에 두었다 오래된 책들 속에 켜켜이 쌓인 말들과 먼지들과 얽히고설켜 또 다른 무덤 만들어 아주 먼 훗날 누군가먼지 쌓인 책 무덤 하나 건져 가리라

금광

네 속에 금광이 있다는 것을 알게 된 날
나는 곡괭이를 들고 산으로 갔었지
파고 또 파도 바위뿐
금광은 찾을 수 없었네

한참 후에 알게 됐다네
네 속에 있는 금광은
내 심장을 파야 얻을 수 있다는 것을
내 가슴을 뚫고 깊이 내려가야
네 속 깊은 진앙지에서
끓어오르는 마그마를 얻을 수 있다는 것을

내 심장을 파 내려간 만큼
네 깊은 속에 뜨거운 활화산을 만날 수 있다는 것을

내 이름에는

알고 보니
내 이름 두 자는
내 아버지 소원이었소
억만 번 빌고 빈 소원
나는 아버지의 소원이 되었소

알고 보니
내 아들들의 이름은
나의 소원이었소
억만 번이라도 빌고 빌어야 이뤄질 소원

내가 가진 이름 두 자는
가문의 기도와
선조의 소원과
바람의 속삭임과
이슬과 비와 눈의 다독거림과
그 소리에 응답한 나의 호흡이었소

꼬리를 친다는 것

꼬리 없는 강아지가 뛰어간다
뭉텅한 흔적이 있는 것을 봐서
선천적으로 없었던 것은 아닌가 보다
귀는 쫑긋한데,
허전하다

표현을 어떻게 한다냐?
꼬리를 내려야 할 때는 어떻게 하고?
반가운 표현은 어떻게 하냐고?
누군가 곁에서 난감해한다

사라져 가는 그를 오래 바라본다
읽을 수 없는 표정

꼬리 친다는 말이란
이런 것이구나

과거 진행형

행복이 현재형이 되는 날
더 이상의 희망은 없을 게요

과거를 들먹일 필요도 없을 게요
한참 봄이 피어날 적에 소먹이 풀 베러 가서 풀 따먹기 했
던 일과
아이들 어릴 적 놀이공원에서 회전목마 탔던 일과
산이고 들이고 총놀이며 칼싸움 했던 일들은 더 이상 그때
가 좋았노라고 추억을 되씹는 일조차 없을 게요

그대는 아시오
행복이 더 이상 과거가 아닌 현재형이 되는 날이 온다면
더 이상 이 세상에 빌붙어 살지 않을 즈음이라는 것을

한 사내

길수 아우의 책을 보면 길을 찍은 사진이 많다

길 위에 검은색 맨발의 청춘이 걸어가고
맨발의 코끼리와 나귀와 염소들이 함께하고
길 끄트머리쯤에는 먼지 사이로 낡은 트럭이 사라져 가고

결국 자신도 그 길로 걸어갔을
먼지 뚫고 모퉁이 돌아 사라져 버린 사내

소유하지 않으면 떠날 수 있다던 그 사내

선행자

입석 먼당*
좁은 길 한가운데
똥 한 무더기

김이 모락모락 피어오른다

이른 아침에
한 선행자가 있었다

* 먼당: 산마루의 경상도 방언

천국 가는 길

상행선은 늘 붐비고
하행선은 늘 한산하다

서울은 상행선 끝에 있다

파도

바다
그 심연에는
오로지 육지만 사모하는 영이 있지

육지만 탐하는 저 육식공룡

감 따는 일

감 따는 일은
하늘을 우러러 보는 일
하대하는 마음으로는 할 수 없는 일
일 년 내내 손가락질하고
푸념하고 원망했던 하늘에
머리 조아리는 일

따는 것보다 남겨두는 일
천둥을 위해
먹구름을 위해
태양을 위해
새들을 위해
바람을 위해

감을 따는 일은
남겨두는 일

흔적

조선희 선생이 다녀가셨다
생전 동생을 마지막으로 본 사람이 나라는데
날 보면 동생이 잡힐 것 같다고 하면서
우두커니 그 말만 하고서는 한동안 쳐다만 보셨는데

내 얼굴에 동생의 모습이 투영되어 있을 리 만무한데
단 한 번 아침 식사 자리에서 동생을 뵈었을 뿐인데
얼마나 그 마음 잡을 길 없었으면
단 한 번 밥 자리에서 만난 나를 보러 오셨을까?

내 눈망울에 동생 그림자라도 남아 있어
그 걸음 헛되지 말아야 할 텐데

떠난 뒷모습에
오히려 동생의 모습이 서려있는데

누군가

누군가는 잠을 자고
누군가는 싸우고
누군가는 길을 가고
누군가는 눈물을 흘리고
누군가는 웃음을 짓고
누군가는 편하고
누군가는 가고
누군가는 오고
누군가는 얽매이고
누군가는 벗어나고

누군가는 그렇다
나도 그 누군가 중에 한 사람

이 세상에는 누군가가 있다
누군가는 누군가가 되고 나도 누군가가 되는

긴 이월

꼬리가 없다
이월은
도마뱀 꼬리 자르고 달아난 것처럼
뭉툭한 꼬리 남기고 떠났다

남은 자리
잘린 자리에 남은 건
팔분쉼표
스타카토
공명
삼월에 건네는
빈손

이월은
길다
잘려나간 긴 머리카락 내려다보듯이
꼬리 긴 이월의 공명

사자춤

사자춤에는
사자가 있다
붉은 혀 드러내 놓고
갈기를 불끈 치켜세운
사자 한 마리 있다

사자춤에는
사람이 있다
포효하는 사람이 있다

사자춤에는
사자 꼬리가 되어 줄 한 사람 더 있다
펄럭이는 사자 가죽 속에서
사자의 꽁무니를 잡고 있는
사람이 있다
헉헉거리는

사자가 일어서서 포효할 때
목마를 하듯 무릎 위에 올려놓는다

속에서는 비명을 질러도
겉으로는 포효로 들렸다

이름 내놓은 역

이름을 내준다는 것은 전부를 주는 것이거늘, 그대는 바보
처럼 이름을 내놓고야 말았다 섬진강 답사길 곡성에서 피라
미들과 뛰놀다 역 마당에 당도해서 본 비석, 황전역이 되어야
했을 것이 구례구역이 된 사실을 보고 이 절묘하고도 바보 같
은 조화에 세상에 이런 곳도 다 있노라고 누군가의 등을 치고
알려주고 싶었다

내라면 어림도 없을 사실을 안 후 어떤 동네들이 다리를 놓
고 이름 때문에 쌈박질 하는 것을 볼 때마다 황전에 세운 구
례구역을 본받으라고 으름장 놓고 싶어졌다

그런 연유도 있을 것이다 요즘 생겨나는 역들처럼 하늘 위
에 솟아 있지도 않고 시퍼런 색깔로 칠해져 있어 정이 없어
보이는 것도 아니고 종착역이 아니어서 떠나가는 기차들의
뒷모습을 하염없이 바라볼 수 있다

아내가 서울 다녀올 때에는 플랫폼까지 나가서 마중하고
싶고 아들들 서울 올라갈 때에도 그런 마음이 드는 곳이다 그
런 곳이니 그랬을 것이다 앳된 아가씨 역무원이 꼬부랑 할머
니 짐을 대신 들고 역 머리로 밀쳐오는 무궁화호 열차에 그

먼저 몸을 싣고 낭떠러지에서 끌어 올리듯 할머니를 구원하
는 저 천국을

　이름 때문에 목숨 거는 세상에 황전은 그 이름을 내주었다

너머

하늘과 산이 맞닿는 곳에는
마중 나온 소년이 있다

하늘과 바다가 맞닿는 곳에는
벼랑으로 떨어져 가는 열차가 있다

하늘과 땅이 맞닿는 곳에는
허리 굽은 닉타가 있다

저물어 가는 곳
시선의 끝이 머무는 곳
껌뻑 껌뻑이는 곳
눈물 맺히는 곳

누군가 서야 할 곳

3부

먼저 온 기별

같이 혼자

아내가 동네 사람들과 여행을 떠난 첫날 밤
침대의 반쪽을 차지하던 나는
침대를 독차지하고 누웠다

혼자
누웠다

혼자였는데 분명
곁에 다른 혼자가 누워있다

내가 석 달 잡고 여행을 떠난 날
홀로 침대를 독차지했던 아내가
내 곁에 혼자가 되어 누워있다

그와 내가
같이 혼자가 되어 누워있다

별이 떨어지다

아침 일곱 시 칠 분에
바구니에 담겼던 별이
일시에 우르르
축지리 마을 위로 떨어진다

순간 눈이 캄캄해지고
암흑천지
떨어진 별은 내 눈으로 들어와 반짝거리고
별 떨어져 버린 동네는 정적에 감싸이는데
태풍 후 고요처럼

저녁 군불 땔 시간에
별은 다시 하늘로 오른다
굴뚝 타고
전봇대 타고 오른다

먼저 온 기별

대낮에 평사리 백사장 위로
지팡이 짚은 할머니 허리처럼 꼿꼿이
강물이 선 채로 내려온다

잠시 만에 백사장이 물에 잠기고
저녁 무렵에는 주황색이 되더니
다음 날 아침에는 시커먼 급행열차 타고 내려온다

곡성 호곡나루 위로 이사를 간 달채 형님네 집에 놀러 가는
날
출발하려는 아침에 물이 불어 위험하니 다음에 오라고 뒤
늦게 문자가 왔다

마음 급한 형님 호곡나루 줄배 태워 먼저 보낸 기별은 어제
받았는데

팽팽하다

 어떤 노인요양병원에 성탄절 잔치가 열렸다 행사 시작 5분 전부터 휠체어에 몸을 접은 채 노인들 한 분 한 분 입장을 하시고 시작 후 10분이 되니 연회장 같은 홀은 휠체어 50여 대와 진행요원과 봉사자로 가득 찼다 고요한 밤 거룩한 밤, 기쁘다 구주 오셨네, 불효자는 웁니다가 연속하여 불려졌다 손뼉을 안 치면 마이크 잡고 노래시킨다 하니 겨우 두어 노인이 손뼉을 치기 위해 육중한 팔을 들어 손바닥을 부딪쳐 봤지만 피식, 소리도 나지 않는다 색소폰 소리가 홀을 진동하고 무대 위의 열기는 갈수록 뜨거워지는데 휠체어에 타신 노인들의 눈동자는 고정된 지 보름은 넘은 듯 고요하고 진행요원이 손뼉 치라고 계속해서 독려를 하지만 요지부동이다 불효자가 울어도 응답이 없자 드디어 마지막 카드, 유럽 순회공연을 다녀왔다는 아코디언 연주자를 엑기스 중의 엑기스라고 소개했지만 반눈에도 차지 않는지 고개를 숙인 노인 반 멍하니 눈만 떠 있는 노인 반이다 무대는 더욱 뜨거워지고 그래도 객석은 미동도 없고 그어 놓은 줄을 사이에 두고 흐르는 이 도도한 긴장감

먼 울음

기척도 없이 지내던 해탈이가
밤만 되면
우~ 우~
먼 울음을 울어댄다

지난봄에 이사 왔을 땐 그렇게 청아하고 맑은 모습이었는데
하얀 털로 검은 눈 가리어 보일 듯 말 듯하였는데
먼 울음소리에 우리 집 난지는 마음잡지 못하고
밤하늘 별에게만 하소연 하는 밤

초겨울 저녁 창촌 모퉁이에 바람 거세게 몰아치는 날
가끔씩 바람 타고 건너편 축지마을에서도 먼 울음 날아오고
두 먼 울음이 하늘에서 보듬는다
보듬고 뒹군다
뒹굴다 하늘로 오른다

우리 집 농사를 도맡았던 누렁이가 먼 울음 울면
아버지는 누렁이 데리고 이웃 마을 다녀오시고
그날 밤부터 누렁이의 먼 울음 잦아들었다

먼 울음 울면
보고 싶은 것이 있는 것이다

도시고양이 생존연구소

친구,

농촌고양이들이 좁고 황량한 도시에서 살아남기 위해 움츠리고 발버둥쳤을 그 고통을 자네는 이해하는가? 내 누님들은 채 사춘기도 되기 전에 도시로 팔려나갔었네 우리 뒷집에 살았던 아주머니네 집 식구들은 또 어떠했을까? 도시에만 가면 꼭 과거급제라도 할 것처럼 동네 사람들은 하나둘씩 야반도주 식으로 빠져나가곤 했었지 동네에서 가장 부자로 남부러울 게 없이 살던 방앗간 집 아들도, 당시에 황금 알을 낳는 거위로도 알려진 양조장 집 아들들도 결국에는 청산도 하지 않고 서울로 갔다는 것은 그만한 이유가 있지 않겠는가? 지금도 내 친구들은 서울이나 부산에서 종종 모임을 갖는다네 그들이 보내오는 사진들과 소식들을 보면 금의환향을 하고도 남음이 있지만 그들의 모습 속에서는 내 가슴을 후비어 파는 것도 있다네 그래도 황량한 사막 같은 그곳에서 온갖 전투를 치르고 살아남아 자수성가를 이루었다는 것은 자랑스러운 일 아니겠나? 우리 이웃 동네에 도시고양이 생존연구소라는 것이 생겼네 바깥에서 기웃거려 본 기억은 있지만 생존 방법을 어떻게 연구하는지 그 결과 얼마나 생존에 기여했는지는 알려진 바 없다네 하지만 씁쓸한 것은 농촌고양이 생존연구소라는 것도 도시 어느 즈음에 하나쯤 있다면 무게 중심이라도 맞을 법하네만 농촌고양이들은 그런 방법도 모른 채 뿔뿔이

흩어져 홀로 독자생존연구나 했었지 않았겠는가 오늘도 도시
어디에선가 활보하고 다닐 농촌고양이들이 생각난다네 그중
에 자네도 함께 말일세

창자 쏟아진 아침

창자가 쏟아진 아침
서리 내려 공기가 차다
이제 막 터져 나왔는지
감나무 밭 고목나무 아래
널브러져 있는 창자 더미에서
작은 김이 피어올랐다

밤새 영감 내외는
허리가 끊어지도록 엎드린 채
속에 있는 창자를 다 긁어내었을 것이다
그래서 저토록 끊어진 창자도 있고
유혈이 낭자하기도 한 것이다

십일월 한 달은
이토록 밤마다 긁어낸 창자들이
아침마다 찬 이슬 내린 밭뙈기에
내동댕이쳐졌을 것이다

창자 다 빼버리고 꺾어진 저 허리
곶감 걸린 대문으로 들어간다

외박

그녀는 오늘 모처럼 외박을 나갔다
윙윙거리던 집이 조용하다
한 달에 한두 번 있는 외박
의사가 말했다
이왕 사는 거 친구가 되어 살라고
그 말을 지키려고 나름 노력했다

이번엔 그녀의 외박이 좀 더 길어지면 좋겠어
이 고요와 고독을 즐기고 싶어
혼자 있다는 것이 어떤 세상인지 궁금해

아내가 돌아왔다
오늘은 모처럼 집이 조용했다 했더니
좋았겠네
영원히 돌아오지 말라고 하지
한다

시 두 편 반

육지 것이
비행기 타고 섬놈들 산다는 제주도엘 가는데
여수공항에서 잠자리만 한 비행기를 타는데
이 비행기 과연 날 수 있을까 염려스러운데
가져간 시집 꺼내 두 편 반 읽는데
그사이에 사탕 하나 배급받아 우물거리는데
회오리성 바람에 비행기가 한 번 뒤척거리는데
바다에 태양 내려와 눈부시게 하는네
…
위아 나우 어라이빙 인 제주 인터내셔널 에어포트,
씨 유 어겐

내리란다
읽다가 만 시 반 편은 비행기 날개에 접어 두었다

시리다

푸른 하늘과 맞닿은 봄 나뭇가지
그 끝은 시리다

하늘도
땅도
길도
계절도
시리다

끝은
다아
시리다

세상의 끝인 너도
네가 마주할 나도
시리다

두고 온 것

배낭이 작은 것은
남겨 두고 가라는 것
결국은 아무것도 가져갈 수 없다는 것
다 남겨 두고 떠나는 것을 연습하는 것
자주 무엇을 남길 것인가를 생각하는 것

무거운 망원렌즈
두 마리의 개
두꺼운 성경
300평의 잔디 마당
구례구역 KTX 플랫폼에 선 아내

여행은 가져온 것보다
두고 온 것이 더 많다는 것을 깨닫는 것

비님

진정 오시는 길 잊어버린 줄 알았습니다
그렇게 먼 길 영영 떠나버리신 줄 알았습니다
이 땅에서 정을 끊으신 줄 알았습니다

이제 마음 한편이 놓입니다
그게 아니라는 걸 알았습니다
잠시 딴 생각 하신 것으로 알겠습니다
그래도 진절머리 난다고 할 때가 더 좋았습니다
오실지 안 오실지 걱정은 아니었으니까요
사나흘 그냥 이불 둘러쓰고 아랫목에서 작은 구멍으로 내
다만 보면 됐으니까요
그렇게 오고 있었으니 나에게 정을 끊었나 염려할 필요 없
었습니다

오늘은 이렇듯 기다림으로 오시니
어찌 맞으러 가지 아니할 수 있겠습니까?
웃옷 벗어 던지고 님이 만져 주시는 촉감을 온전히 느껴보
고 싶습니다
이 다음엔 멀리 가시더라도 다녀오겠노라고
잊어버린 게 아니라고 말해 주십시오 비님 네? 비님

좋은 일 예상되는 날

가끔씩 자고 난 얼굴이 해맑다
마술사의 손길이 지나간 흔적의 머리
메이크업한 얼굴
초롱초롱 빛나는 눈망울
그렇게 눈에 띄지 않으면서도
은근히 뽐낸 내 앞에 선 얼굴

간밤에 어느 고을 누구를 만나고 온 기야?
대낮에도 그 집 문 열려 있겠지

둥지

가을 잎사귀 물어와
작은 둥지 하나 생겼다
동서남북 모여든 나뭇가지들
흙으로 버무려진 아늑한 집

수고로이 지은 집 두고
떠난 빈집

그 부산함
따스한 온기 아직 남아 있는
둥근 목요일 저녁

말 한마디에

오두막을 짓게 하고
초막을 짓게 하고
대궐을 짓게 하고
우주를 품게 하고

장마

장마가 온단다
오키나와에서 출발한단다
호박잎 쓰고 온단다
폴짝폴짝 뛰어온단다
까르르 까르르 첨벙첨벙
물웅덩이 첨벙거리며 온단다
대나무 이파리 투둑투둑 장단 맞춰 온단다
큰 산 타고 온단다
하늘 배 띄워 온단다

어깨동무 하고 캄차카 같이 가자 온단다

타작마당 일기

해가 일찍 지는 섣달조차 날 일찍 집으로 돌려보내지 않았
다
따 먹어도 따 먹어도 침략당하지 않는 대륙,
항칠*과 먹칠과 그 어떤 장난과 훼방에도 얼굴 찌푸리지 않
는 넓은 가슴,

가끔씩 그 마당에 혼자다
그냥 휭 사방을 둘러보고
땅에 주저앉아 구슬치기를 해 보고
발로 줄을 그어 목자놀이도 해 보고
긴 꼬리 달고 날아가는 비행기를 손가락으로 재어 보고
마당 옆 철로를 울리며 지나가는 기차 꽁무니를 다 사라지
도록 쳐다보다가
그래도 혼자 있기가 끝나지 않으면
무궁화 꽃 하나 따서 입으로 호~ 불어
퍼진 꽃잎 수술에 작은 꼬챙이 꽂아 바람개비 만들어 골목
을 누볐다

지워지지 않는 대륙
오늘도 머무는 나의 시선

멈출 줄 모르는 성장판

* 항칠: 낙서의 경상도 사투리

4부

곱하기 제로

사랑 총량의 법칙

나무는 평생 꽃을 피워내는 것이 한정되었다지
한꺼번에 많은 꽃을 피워내는 나무는 조로한다지
열매를 한꺼번에 많이 맺는 나무도 오래 살지 못한다지

사랑도 그렇다지
남은 사랑이 얼마나 되는지 아무도 모른다지
사랑하다 모자라면 멈춰서면 된다지
왜 멈춰서냐고 물으면 때가 되었다고 하면 된다지
하늘을 탓하면 된다지
내 책임이 아니라고 하면 된다지

너무 많은 사랑도 너무 적은 사랑도 없다지
언젠가는 그 사랑 쏟아내야 한다면 지금 쏟아내면 된다지
바닥날 때까지 쏟으면 된다지
바닥이 나야 죽는다지

살아 있다는 것은 아직 다 피워내지 못한 꽃이 있다는 것이
라지
오늘은 꽃피우는 날이라지

강심장

가슴에 손수건을 달아주시고
미리 사 놓았던 옷을 입혀주시고
엄마는 신신당부를 하시고 또 다짐을 받으셨다

선생님이 니 이름을 부르면
예 하고 크게 대답해야 해
알았재?
알았나?
그래도 못 미더웠는지 손잡고 학교로 가는 길에서도
몇 번이고 계속되는 다짐들

드디어 내 이름이 불려지고
예라는 대답이 허공에 토해졌다
아니 누군가 내 입에서 갈고리로 끄집어내어 간 것 같았다

내 간이 없어진 줄 알았다

이별연습

사람은 하는 일이 모두 이별연습입니다
아이를 낳고 평생 헌신하는 것도
결국 이별연습입니다

당신이 오늘을 사는 것도
아등바등하는 것들도 이별연습입니다

아흔이 넘으신 엄마에게
점심시간마다 찾아가서 라면을 끓여 달라고 조른 것도
이별연습이었습니다
엄마도 라면을 끓여 주시면서
앞으로 몇 개나 더 끓여 줄 수 있을까 생각하셨을 것입니다
엄마도 이별연습을 하셨던 것입니다
돌아가는 나를 보이지 않을 때까지 손 흔들어 주신 것도
이별연습이었습니다

아들 두 놈을 군대 보내면서 기도할 때 눈물이 난 것도
어설픈 이별연습이었습니다
연습에 연습을 하면 눈물이 나지 않을까요?
오늘 살아 있는 것도

살기 위함이 아니라 이별을 위한 것입니다

아침마다 기도하는 것도 이별연습입니다
사랑하는 것도 이별연습입니다
사랑하지 않으면 이별도 없습니다

연습에 연습을 해도
부족한 것이 이별연습입니다
살아 있는 시간이 모두
이별연습입니다

빈 다리

강에 새로운 다리가 생겼다
그 위로 붉은 기차가 불을 뿜고 달린다
새 다리로 기차가 옮겨 간 후
헌 다리는 빈 다리가 되었다
비로소 빈 다리는 강물을 보게 되었다

자연선택

오! 신이시여
하늘과 땅과 바다를 창조한 신이시여!
나쁜 것은 늘 버리시고
지고의 선을 택하시는 신이시여!
서슴없는 이시여!
실수 없는 지존자시여!
믿음을 보지 않는 이시여!
진리도 눈여겨보지 않는 이시여!

당신만이 선이시요
당신만이 진리시요
당신만이 오늘이시요 내일이시오
내일도 그 내일의 내일이시여!

영특한 신이시여!
오! 축복의 신이시여!
나는 당신으로부터 선택받았음에

박 영감

동네 상조계장 박 영감은 키가 작고 왜소하나 얼굴은 하회탈처럼 유연하고 당찼으며 한겨울을 제외하고는 삼베적삼에 긴 담뱃대를 입에 물고 살았다

걸음도 빨라 팔순이 다 되도록 지게를 지고 번개처럼 짐을 져 날랐다 그런 아버지를 아들은 동네 부끄럽다고 못마땅하게 여겼으나 박 영감은 늘 바짓가랑이를 걷어 올리고 들로 산으로 나가는 것이 일상이었다

상이 나면 동네 어귀에 홀로 서서 징을 두어 번 치고서는 "훠이! 훠이! 보소 동네 사람들 오늘 새벽에 인동 김 영감이 죽었소"라고 알리고서는 상가로 달려가 지붕에 올라서서 고인의 웃옷을 던져 놓고서는 초혼招魂을 했다

그리고 나서 상조계원들을 불러 모아 상여를 만들게 하고 장을 보게 하고 염을 하고 … 하는 일들을 일일이 돌봤다 상여가 나가고 매장을 마치면 다시 상가로 돌아와 뒷마무리를 끝낸 후 "욕보소 내 이제 가고만" 하고 집으로 돌아갔다

세상 사람 다 죽어도 박 영감은 죽지 않을 줄 알았다

곱하기 제로

내가 이루어 낸 것이 아니라네
단지 이루어진 것이라네
가을과 겨울이 온 것도
내가 오게 한 것이 아니듯
내가 보낸 것 아니듯
자네가 가고 오는 것 또한 같은 것일세

가끔씩 높은 산에 올라서 아래를 내려다보네
많은 것들의 움직임들을 본다네
내가 가게 하고 오게 하고 움직이게 한 것이 하나도 없지만
어디론가 급하게 움직이곤 한다네
세상에 내가 할 수 있는 일이라든지 내가 해냈다고 하는 일
들이 있는지 다시 생각해 보네
내 자식들을 정말 내가 낳은 것인지 곰곰이 생각해 보네
그들을 내가 낳고 키웠단 말인가?
이것이 말이 된다고 믿는가 자네는?

해가 서산으로 지네
바람이 부네
옷을 여미어야겠네
잘 가시게

서울과 안[不] 서울

대한민국에는 서울과 안 서울이 있다
서울에는 종로, 강남, 홍대거리, 명동이 있고
안 서울에는 없다
서울에는 싸이, 비, 아이돌이 있고
안 서울에는 없다
서울에는 교보, 반디앤루니스, 영풍이 있고
안 서울에는 새마을문고가 있다

서울에는 여의도순복음교회, 명동성당, 조계사가 있고
안 서울에는 없다
서울에는 봉황과, 금배지가 있고
안 서울에는 없다
서울에는 스카이대가 있고
안 서울에는 지방대가 있다
서울에는 미인과 미남이 있고
안 서울에는 성형외과가 없다

서울은 9시 중앙뉴스를 독차지하고
안 서울은 지방방송을 독차지한다
서울에는 사람이 살고

안 서울에는 '그 밖의 지방 사람' 이 산다
대한민국은 서울만 대한민국이다

노을에 동백꽃

대촌마을의 노 영감님은
마을 어른 중에서도 어른이시고
한학과 지역 역사에 대하여도 문리가 통하신 분이다

영감님은 홀로 방에서 티비를 보시고
뉴스에서는 최신 정치 좌담이 뜨겁다
누우면 죽고 걸으면 산다는 제목의 책
파수대라는 어느 종교단체의 잡지
한학 등 몇 가지 서적들이 방에 뒹굴었다

정돈 안 된 하얀 머리
현관에 서 있는 지팡이와 걸음 보조기가 눈에 걸린다

인사를 드리고 나오는 대문 앞에
한 무리의 동백꽃이 노을 속에 불탄다
그에게 청춘을 물어본다

동백꽃이 불탄다

죽음에 대하여

A 씨가 죽었다
그가 내게로 달려왔다
뿌옇던 거울을 손으로 휙 닦고 그 속에 선명하게 드러난 그
를 보았다

죽음은 영원하고 투명한 기억의 저장소에 들어가는 것이리
라
도저히 지워지지 않을 장소
영원히 변하지 않을 장소
누구도 변경할 수 없을 장소

지금까지 그에 대한 평가는 거짓이었다
단지 죽음이라는 문턱을 넘었다는 것만으로 완전한 거울을
보게 된 것이다

오! 죽음이여!
그 문턱을 넘어 선명하게 기억될 당신을 축하하오!
당신 아닌 당신으로 기억된 것에서 벗어난 것을 축하하오
친구!

이중인격자

이래 봬도
마음은
늘
소년이다

정전

　오키나와에서 남쪽으로 삼백 킬로미터 지점에서 탄생했다
는 타파가 올라왔다
　으레 그쪽에서 올라오는 녀석들은 제법 거친 성격들을 가
졌다
　검정색 장화를 신고 첨벙첨벙 하늘을 짓밟고 올라오는데
　가끔씩 오동나무를 훑기도 하고
　쌍끌이 통발로 잡은 남태평양의 물고기들을 마당에 쏟아
부어 놓기도 하고
　나는 지붕에서 떨어지는 빗물을 물통에 받아 보는데
　이들이 오키나와보다 더 남쪽에서 온 것이라 물끄러미 바
라보는데
　무식한 바람을 데리고 왔는지 하늘이 통째로 움직이고
　결국은 집 안으로 들어와 냉장고를 통째로 집어삼켰는데

눈 맞춤

함양 박씨 문중 가족묘지에 핀 동백꽃
윤천 선생에게 한 송이 꺾어 주고
맺은 몽우리 하나 따 와 작은 화병에 꽂아 두었더니
다음 날 젖먹이 아이 입처럼 꽃잎 벌어지고
나는 그 옆에서 김장김치 찢어 밥을 먹는다

높이 나는 이유

새가 하늘을 나는 이유를 알았어
높이 올라가면 세상은 느리거든
아주 천천히 시야에서 사라지거든
땅에 살아보면 눈에 스치듯 빠르거든
초저녁 하늘을 나는 비행기도
눈 껌뻑 껌뻑 하면서
졸음운전 하거든
하늘에서는 모두 느리거든

개

거즈를 입에 물었다
개 같은 사람
사람 같은 개들
좌냐 우냐
미친 짓이다

끌려 나오다

구월 초하루 태풍이 지나간 자리
대봉감 밭 하늘은 바람 맞은 여자처럼 얼굴이 휑하다
산달 여자처럼 살쪄 있던 호박넝쿨
몸 푼 것처럼 가냘프고
마른 끄트머리 잡아 끄니
두어 발 끝에서 끌려오는 그믐달

구월과 십이월 사이의 거리는 가랑이 하나 반
오월과 구월은 가랑이 하나
그 사이는 잉태와 산고의 시간
산고와 십이월의 거리는 가랑이 두 개 반

정월달이 호박넝쿨 뒤에 아른거린다

마중

숲속에 빨간 편지함이 있다
막다른 숲길
외딴집은 보이지도 않고
두 갈래 길에
가뭇 가뭇한 고목 밤나무 허리춤에
달려있다

하루에 한 번
달포에 한 번
철에 한 번

그래도 편지함은
꼿꼿하다

두 갈래 길에 서 있다

산을 데리고 집으로 왔다

섬을 집 마당으로 데리고 왔다
너덜거리며 따라올 줄 알았는데
정자세다
바다에서도 혼자 정자세였다
오는 길 내내 팽팽했다

집에 와서도 팽팽하다

놀다 만 산을 집으로 데리고 왔다
오월 물 댄 들판에서만 데려올 수 있다
선녀가 되고 나무꾼이 되는 날
물놀이에 빠져 있는 산을
몰래 데려왔다

집에 와서도 물놀이 중이다

정차 중

나는 천안역에 정차 중이다
기차는 정시 출발을 위해 4분간 숨 고르는 중이다
오래된 전화기 버튼 음이 여러 번 울리고
멀리 비 건너편에서 나이 많은 남자 음성이 들린다

냉장고에 오리가 있으니 야채 넣어 먹으라는 이쪽의 응답
이 이어진다
오리가 열차 안에서 날아다닌다

살아있다는 건,
속에 아직 꽃이 있다는 것

- 조문환 제4시집 '시위를 당기다' 를 읽으며

이빈섬 시인

하동河東은 시다. 지리산과 악양 들판과 쌍계의 물소리와 그 마을의 낭창한 사투리가 시인이다. 굳이 시와 시인이 따로 명함을 팔 필요도 없는 동네인지도 모른다. 시의 품에서 시인 줄도 모르고 살아가노라면, 무시로 뱉어놓은 말들이 슬금슬금 제 속에서 운율을 이루고 뜻을 묵히고 마음을 흔드니, 그걸 시라고 하는지도 모르겠다. 오래전 그곳 낡은 여관에 자면서 귓속에 넣었던 섬진강 빗소리가 내겐 '조문환 시집 미발간 초판본' 이었는지도 모른다.

『바람의 지문』(2016), 『반나절의 드로잉』(2018) 이후 네 번째 시집을 받아들고는, 더욱 시詩의 '힘'을 뺀 천진한 언어들로 익어온 그의 내력을 읽는다. 그는 자신이 쓰고 있는 것이 무엇인지 모른다. 그러나 모른다는 것이 무슨 의미인지는 안다.

모른다 나는
갈망의 이유이기도 하다
안다면
이처럼 갈망하지 않았을 것이지

- 「모른다」 중에서

'안다'와 '모른다' 중에서 우린, '안다'를 높이 치지만 곰곰이 생각해 보면 그렇지만도 않다. 모르면 알 수 있는 기회가 있지만, 알면 모를 수 있기가 쉽지 않다. 모르면 알고 싶은 갈망이 있지만, 알면 몰랐으면 좋았을 후회가 있기도 하다. 그의 시를 추동하는 힘은, 모름의 인정과 모름 속에 숨은 갈망이 아닐까 싶다. 함석헌의 스승이자 이 나라 근대신학의 여명을 연 다석 류영모(1890~1981)는 인간은 모름을 지키는 존재로 보았다. 이른바 '모름지기'다. 알지 못하지만 알고 싶은 갈망을 내내 지니는 것이 바로, 신神을 향한 태도라고 본 것이다. 시는 어떤 사람에게는 신이기도 하다. 모름의 갈망으로 시를 쓰는 까닭은, 살아있는 내내 그것이 켕기기 때문이다.

툭툭 던지는 통찰은, 하동 말투의 무뚝뚝함과 그 행간의 곰살맞음이 곁들여져 있다. 읍내 방방사진관 이야기를 풀어놓더니 아버지 영정사진 찍던 기억으로 넘어간다. 방방사진관도 아버지도 사라진 지금. 그는 갑자기 올해 내 나이를 들먹인다. 아버지가 영정사진 찍던 딱 그때로구먼. 죽음과 삶은 이렇게 생생한 맥락으로 튀어오른다. 방방사진관도 없어졌는데, 내 삶을 증명하는 그 사진은 어디에 찍혀야 하는 거지?(「방방사진관」)

이월은 1월에서 3월로 이월하는 짧은 달이다. 하지만 시인에게는 앓는 달이다. 어린 날 이 앓던 밤과 이튿날 아침의 사사치과에서 이 뽑던 기억. 마취도 하지 않고 생으로 뽑는 이. 가만 있자, 2를 뽑아야 3이 오는 것이니 2월이 그 냥 가는 게 아니다. 양은 냄비 같은 곳에 앓던 이 뽑아 던져 놓아야 가는 달이다.(「이월」)

형상과 상황을 번역하는 힘은, 그가 즐기는 사진의 내공에서 나온 것이 아닐까 싶다. 사진은 빛과 어둠, 형상과 부재不在 속을 넘나들면서 낯선 충격과 익숙한 모름을 만나는 일이기도 하다. "산 너머엔/ 검은 그림자를 끌어당기는/ 붉은 소년이 있다"고 말할 때 노을을 연상하기는 어렵지 않지만, 노을을 보며 저 소년을 연상하는 일은 쉽지 않다. 저 붉은 소년은 시간을 당기는 존재이며, 하루를 당기는 나의 오래된 유년이기도 하다. 사진 앵글 속을 오래 들여다보면, 노을이 아니라 소년이 나타나기도 한다. 붉은 뺨을 지닌 씩씩하지만 무심한 소년.(「저 너머엔 붉은 소년이 있다」)

"두꺼비 새끼가 얼마나 컸는지 보러 간다며/ 태령 씨가 팔짝팔짝 뛰어 내려간다" 이 짧은 시는 아무런 수식을 하지 않은 것처럼 보인다. 하동의 일상에서 만나는 한 풍경이다. 태령 씨도 자신이 시 속에 들어왔는지도 눈치 못 챘다. 스냅사진이지만 간단치는 않다. 생명의 발생과 성장에 관한 생명의 궁금증. 이 본능. 저 두 행을 뒤집어 보면, 팔짝팔짝 뛰어 내려오는 태령 씨를/ 간밤에 한 덩치로 자란 두꺼비 새끼가 놀란 눈으로 본다. 서로 눈짓을 교환하는 생기生氣의 아름다움.(「시선」)

봉대 길 도로 한 복판에 태어난 지 나흘도 안 되는 새끼

고양이가 딱 앉아있다. 나흘 고양이 자동차 무서운 줄 모른다. 단 한 발도 움직이지 않는다. 시인은 차에 탄 채 녀석이 움직이기를 바라지만, 고양이는 이쪽을 경계할 줄도 쫓아내려 그르릉거릴 줄도 모른다. 그냥 딱, 앉아 있다. 시인이 이름을 붙여준다. '간도 크네, 어린 돌부처'.(「돌부처」)

　노란 꽃은 개나리던가, 산수유던가, 아니면 무슨 넝쿨식물이던가. 한여름 광야와 바위산과 검은 계곡을 돌진하는 점령군. 그 본능은 누가 넣어주었는가. 그는 딱 이름을 붙여준다. '한여름의 광개토대왕'.(「광개토대왕」)

　시인은 시집 앞에 이런 고백을 해놓았다. "창고 정리하고 훌훌 털어버리면/ 속이라도 시원할 것 같다/ 잡동사니는 발도 못 붙이게 할 테다" 개업 후 5년 창고대방출, 재고떨이라고 말한다. 창고 속 어둠에 묻혀있는 그 언어들과 감수성들을 가끔 매만져 보며, 그는 답답하고 아팠을지도 모른다. 언어는 존재의 집이라지만 시는 시인의 집이다. 시 속에 살기에, 시의 문지방이 잘 보이고 시의 천장에 낀 빗물 때가 보이고 시의 장판에 드는 여름날 곰팡이가 더 잘 보인다. 어느 날 문 확 열고 눈밝은 벗들을 들어앉혀 시 속에서 함께 어울리고 싶은 생각이 왜 없으랴. 시집을 내는 까닭은 여기에도 있을 것이다.

　그는 요즘 말로 '통찰력 대마왕'이다. 아니, 하동을 누비는 플라톤쯤 될지도 모르겠다. "타인의 얼굴은 내가 보는 얼굴이요/ 내 얼굴은 타인이 보는 얼굴이라오"(「저편의 강이 내 강이듯」). 우리가 평생 내 것이라고 생각하며 살아가는 것이 사실은, 남이 쓰는 것이라는 발견. 내가 집을 잘 지어놓으면, 내가 보는 것 같지만, 옆집 사람이 더 자주 본다. 내가 시를 쓰면 내가 이불 속에서 혼자 그걸 읽는 것이 아니라, 남들이 더 많이 보고 깊이 본다. 내 것이 내 것이 아니고, 남의 것이 남의 것이 아니다. 그건 오직 관념이고 인식일 뿐이다. 내 얼굴도 내 양심도 내 이름도 내 것이 아니다. 남이 쓰는 것이다. 이런 생각을 하면, 갑자기 소름이 끼치기도 한다.

유월이란 무엇인가. 여러 가지로 정의를 내릴 수 있을 것이다. 하지만 그게 '비린내'의 계절이라고 말하는 사람을 보기는 쉽지 않다. 비린내란 무엇인가. 왜 비린내가 나는가. 피에는 왜 비린내가 나며 풀에는 왜 비린내가 나며 늪에선 왜 비린내가 나며 물고기에선 왜 비린내가 나는가. 생각해 보았는가. 생명을 품고 있기 때문이다. 유월은 생명의 극성기極盛期로 달려가는 때이다. "젖비린내 나는 유월이여/ 빨던 젖 내던져 버리고/ 옹알이 하던 입에서 터져 나온 유월이여" 이런 통찰력은, 예민한 후각과 그 후각이 놀랍게 영감을 건드리는 상상력이 있지 않으면 쉽게 나오지 않을 힘이다.(「유월 같은 비린내」)

이름이란 무엇인가. 내 이름은 내 것인 것 같지만, 남들이 이르는 것이라 해서 이름이다. 평생 제 이름을 드높이기 위해 분발하고 고군분투하고 억지를 쓰고 생쇼를 하는 까닭은, 그것이 제 것이라고 생각하기 때문이다. 죽은 사람이 무덤 앞에 써놓는 이름은, 죽은 사람이 가질 수 없는 것이다. 오직 산 사람이 찾아가 그것을 읽어줘야 이름이 되는 것이다. 조문환은 자신의 이름이 '아버지의 소원'임을 알아챘다. 문환아, 라고 부를 때 그 감개무량한 말투에 들어있는 꿈과 희원을 읽었는가. 하느님 부르는 소리와 다를 바 없다. 내 죽으면 남아있을 '나'이기도 하니까, 저 이름이 내 미래다. 그제야 보인다. "내가 가진 이름 두 자는/ 가문의 기도와/ 선조의 소원과/ 바람의 속삭임과/ 이슬과 비와 눈의 다독거림과/ 그 소리에 응답한 나의 호흡이었소".(「내 이름에는」)

여자가 꼬리 친다는 말을 들어본 적 있는가. 가만히 생각해 보면 기이한 말이다. 여자의 엉덩이엔 꼬리가 없지 않은가. 아주 오래전에, 우리가 조금 더 짐승과 닮았을 때에는 꼬리가 있었던 게 분명하다. 그 기억을 담아놓은 말이다. 진화로 꼬리가 사라졌지만 여전히, 마치 꼬리가 있는 것처럼 엉덩이를 흔들며 걷는다. 꼬리를 친다는 것은 꼬리 속에 감춰진 유혹의 무엇을 보였다 숨겼다 하는 것이다. 이 원형적인 동작을 상징으로 표현한 것이 '꼬리 친다'라는 말이다. 이 하동 철학자는 꼬리 없는 강아지에게서 이 심각한 원시적 무의식의 의미를 발견한다. 이 강아지는 꼬리를 내리거나 흔들어야 할 땐 어떻게 하지? 꼬리로 보여주는 표정이 없을 때, 그걸 읽어야 할 뒷사람이 난감해진다. 꼬리의 말들은 때로 입말보다 강력하기도 한데 말이다.(「꼬리를 치다는 것」)

지방에 산다는 것은, 서울에 살지 않는다는 것이다. 서울에 살지 않는다는 것은 가끔 소외받는 일 같기도 하다. 하지만, 지방은 넓고 많으며 서울은 하나뿐이다. 서울 하나를 위해 지방이 모두 변방이 되고 들러리가 되고 후순위가 되는 건, 자연스럽지 않으며 인위적인 폭력일 때도 많다. 그걸 시인은 이렇게 말한다. "상행선은 늘 붐비고/ 하행선은 늘 한산하다// 서울은 상행선 끝에 있다".(「천국 가는 길」)

억울한 일은 또 있다. 황전역이 되어야할 역이 구례구역이 되어있다. 황전에 세운 구례구역, 그 낯선 풍경에 대해 시인은 '황전도사道士'를 떠올린다. 굳이 내 이름을 내세울 필요 있느냐. 나는 그저 내 몸이 황전인 것을. 황전이 구례 옛역이라고 한들 달라질 게 뭐가 있겠는가. 마을마다 다리 이름이나 도로 이름 따위로 싸움을 일삼는 주민들에게, 황전역을 보여주리라. "이름 때문에 목숨 거는 세상에 황전은 그 이름을 내주었"느니라.(「이름 내놓은 역」)

노인요양병원의 성탄절 잔치를 그려놓은 시는, 세밀한 르포기사다. 행갈음도 없이 숨막히게 달려가는 문장은, 이벤트를 벌이는 사람들과 그것을 즐길 귀도 눈도 여유도 생각도 없는 사람들과의 팽팽한 대치다. 아무리 흔들어도 깨어나지 않는 사람들처럼 객석은 목석이고 무대만 안달이 났는지 거듭 요란방정을 떤다. 고개를 숙인 노인 반, 눈만 떠있는 노인 반. 이 기구한 부조화를 읽으면서 돋는 까닭 모를 슬픔. 즐거움이란 즐거울 때 즐기는 것이다.(「팽팽하다」)

시맛은 말맛이다. 시는 언어의 평면을 흔들어 입체로 보여주는 내공이기도 하다. 시는 삶의 내면으로 들어가 시로 살아내는 일이기도 하다. 통찰이란 말이 있고, 통효通曉라는 말이 있다. 통찰은 발견의 시원함이지만, 통효는 소통이 빚어내는 새벽 같은 환한 경지다. 통찰이 맛있다면 통효는 멋있다. 조문환은 가끔 통효를 보여준다.

"먼 울음 울면/ 보고싶은 것이 있는 것이다"(「먼 울음」) 개는 왜 가끔 멀리까지 들리도록 우는가. 밤마다 먼 울음 우는 소 누렁이를, 아버지는 이웃마을로 데려가 짝짓기를 시키고 돌아왔다. 그날 밤부터 누렁이는 울음을 멈췄다. 알겠는가. 먼 울음 우는 사람을 보면, 뭘 해줘야 하는 건지.

푸른 하늘과 맞닿은 봄 나뭇가지는 왜 시릴까. "끝은/ 다아/ 시리다"(「시리다」) 무엇인가가 끝나는 일은 허공을 어깨로 지는 일이다. 저 홀로 무엇인가를 감당하고 무엇인가를 풀어야 하는 일이다. 끝을 견뎌본 자, 사무치도록 끝과 씨름해 본 자, 끝에서 바르르 떠는 절망의 전율을 느껴본 자는, 저 푸른 하늘 나뭇가지의 시린 온도를 알 수 있다. 그는 풍경을 흔들어 그 살 속으로 들어가 바로 그 시간의 그 공간을 감정이입하는 능력을 지니고 있다.

그의 통효는 계속된다. "여행은 가져온 것보다/ 두고 온 것이 더 많다는 것을 깨닫는 것"(「두고 온 것」) 삶도 여행이다. 가져갈 것은 없고 두고 갈 것은 많다.

"새 다리로 기차가 옮겨 간 후/ 헌 다리는 빈 다리가 되었다/ 비로소 빈 다리는 강물을 보게 되었다"(「빈 다리」) 기차가 다니던 시절에 다리는 기차만 기다렸다. 기차를 지나가게 하는 자신을 대견하게 생각했다. 그런데 어느 날 기차가 다른 다리로 지나가고 자신은 빈 다리가 되어버렸다. 그런데 그제야 문득 제 몸 아래에 한 번도 쉬지 않고 흐르던 물이 있음을 내려다 보았다. 그의 친구는 기차가 아니라 저 강물이었다. 기차는 손님이었고 강물은 사랑이었다.

"놀다만 산을 집으로 데리고 왔다/ 오월 물 댄 들판에서만 데려올 수 있다"(「산을 데리고 집으로 왔다」) 논에 물을 대는 시절, 산도 푸른 옷을 입기 시작한다. 오월은 산이 출연하고 물이 제작한 산수화山水畫다. 사람은 할 일이 없다. 산과 놀고 물과 놀면 되는 것이다. 놀다가 집으로 돌아오면 먼 들판에 산이 들어앉아 있다. 나그네의 눈엔 오월마다 마을로 내려오는 산이 보이지 않는다. 노동으로 얼굴이 타고 늦봄 저녁에 들이켠 막걸리 구취가 배어나는 토박이라야 그 산과 놀 수 있다.

"오동나무 시위를 당기자/ 수백 마리의 참새 떼가/ 일제히 하늘로 튀어 올랐다"(「시위를 당기다」) 무엇이 저 새들을 일제히 날아오르게 했는지는 모른다. 바람이 그랬을까. 무슨 소리가 들렸을까. 혹은 오동나무 잎사귀 하나가 떨어졌을까. 아니면 인기척이라도 났을까. 소스라치듯 참새 떼가 솟아오르는 것이 마치 산탄散彈이 쏟아지는 공기총과도 같다. 새 하나하나는 저 홀로 날아오르는 것 같지만 그 떼를 움직이는 어떤 질서와 시스템이 있다. 오동나무 속에는, 그 약실이 있고 방아쇠가 있고 겨누는 총구가 있고 들여다보는 눈이 있다. 풍경이 이렇게 정의될 때 우린 낯선 오동나무와 은밀하게 눈짓을 나누며 비상하는 참새 떼의 비상함을 보게 된다. 이 새로움이 조문환의 시맛일지도 모른다.

이번 시집에선 이 시를 가장 오래 들여다보고 있었던 것 같다.

나무는 평생 꽃을 피워내는 것이 한정되었다지
한꺼번에 많은 꽃을 피워내는 나무는 조로한다지
열매를 한꺼번에 많이 맺는 나무도 오래 살지 못한다지

사랑도 그렇다지
남은 사랑이 얼마나 되는지 아무도 모른다지
사랑하다 모자라면 멈춰서면 된다지
왜 멈춰서냐고 물으면 때가 되었다고 하면 된다지
하늘을 탓하면 된다지
내 책임이 아니라고 하면 된다지

너무 많은 사랑도 너무 적은 사랑도 없다지

언젠가는 그 사랑 쏟아내야 한다면 지금 쏟아내면 된다지

바닥날 때까지 쏟으면 된다지

바닥이 나야 죽는다지

살아있다는 것은 아직 다 피워내지 못한 꽃이 있다는 것이라지

오늘은 꽃피우는 날이라지

- 「사랑 총량의 법칙」 중에서

나무 속에는 이미 꽃이 들어있다. 피울 수 있는 꽃의 개수가 정해져 있다. 이렇게 보면 결정론이고 운명론이다. 꽃은 아무리 노력해도 제 속에 들어있지 않은 수의 꽃을 피우지는 못한다. 꽃은 시차는 있어도 제가 지닌 꽃은 모두 피운다. 꽃을 모두 피웠다는 것은, 죽을 때가 됐다는 얘기다. 나무는 다음 해가 있으니, 한 해의 죽음을 의미하는 것이지만 말이다. 꽃을 피우지 않았다는 것은 살 날이 많다는 의미다. 꽃이 부실하다는 것은, 반사적으로 더욱 생기를 돋울 수 있는 기회라는 증거다. 살아있다는 건 꽃이 남아있다는 것이고, 꽃이 화려하다는 것은 죽음에 가까워져 있다는 뜻이다.

이것이 꽃의 문제만이 아니라, 생명을 지닌 존재 모두의 은유로 치환될 수 있기에 심각해진다. 시인은 사랑론으로 그 은유의 폭을 키운다. 내게 남은 사랑이 얼마나 되는지를 알 수는 없다. 하지만 너무 많은 사랑도 너무 적은 사랑도

없다. 바닥날 때까지 쏟아보면 자기에게 주어진 사랑의 양이 얼마나 되는지 알 수 있다. 바닥이 나면 죽으니까 말이다. 꽃나무가 제 꽃을 다 못 피우듯, 제가 부여받은 사랑도 채 못다 쏟아내고 죽는 이들도 있으니까 아끼지 말고 사랑을 불태우란 얘기다.

결정론은 거의 실패할 확률이 없다. 왜냐하면 결과론적인 것을 처음부터 결정되어 있던 거라고 우길 수 있기 때문이다. 꽃이 올해 몇 송이를 피울 것이 결정되어 있는 것이 아니라, 여러 가지 조건과 상황과 시간을 대입한 끝에 피워낸 결과가 있을 뿐인지도 모르기 때문에 그렇다. 꽃은 그저 제 몸 속에 있는 꽃을 꺼내는 일만 하는 것이 아니라, 꽃을 피워야 한다고 열망하고 꽃을 피우면서 괴로워하고 꽃이 시들까 봐 노심초사하면서 꽃시절을 보낸다. 결정론의 꽃은, 아주 단조롭고 평화롭고 생각 없는 삶을 살 수 있지만, 그 생의 맛이 별로 대단할 것 같진 않다. 내 몸에 가능한 한 많은 꽃을 피워내겠다는 자유의지는, 꽃만큼이나 꽃의 뜻을 아름답게 한다. 꽃이 빈약하면 빈약한 대로 나무는 온몸을 불태우고, 꽃이 무성하면 무성한 대로 미친 듯이 빼곡이 틈틈이 꽃을 매단다. 꽃의 출산량이 중요한 것이 아니라, 사랑하는 그 행위 자체의 몰입과 죽기 살기가 아름답지 않은가.

어쨌거나 꽃의 총량은 정해져 있을 것이다. 나무의 노력으로 없는 꽃을 만들어낼 수는 없을 것이다. 하지만 꽃이 목표는 아니다. 꽃은 과정이며 생의 한 동작일 뿐이다. 목표는 죽음이며, 죽음이 돋울 또다른 생명의 번성이다. 죽음 또한 꽃의 숫자처럼 정해져 있을 것이다. 꽃을 피우듯 죽음도 피울 것이다.

하지만, 시인의 말처럼, '살아있다는 것은 아직 다 피워내지 못한 꽃이 있다는 것' 이란 믿음을 쥐는 건 중요해 보인다. 지금 내가, 그런 마음이니까. 조문환 시인은 내게 그 말을 건네려, 이 시집을 낸 것일지도 모른다. 내 속에 들어있는 아직 피워내지 못한 꽃들을 잠깐 들여다보라는 것처럼.

시위를 당기다

초판인쇄 ┃ 2022년 9월 25일
초판발행 ┃ 2022년 10월 1일

지은이 ┃ 조문환
펴낸이 ┃ 신중현
펴낸곳 ┃ 도서출판학이사

출판등록 : 제25100-2005-28호
주소 : 대구광역시 달서구 문화회관11안길 22-1(장동)
전화 : (053) 554~3431, 3432
팩스 : (053) 554~3433
홈페이지 : http:// www.학이사.kr
전자우편 : hes3431@naver.com

ISBN _ 979-11-5854-383-9 03810